UNE

CONSPIRATION

EN 1868

PRIX : **40** CENTIMES

PARIS

ARMAND LÉON ET Cie

21, RUE DU CROISSANT, 21

—

1868

CONSPIRATION

EN 1868

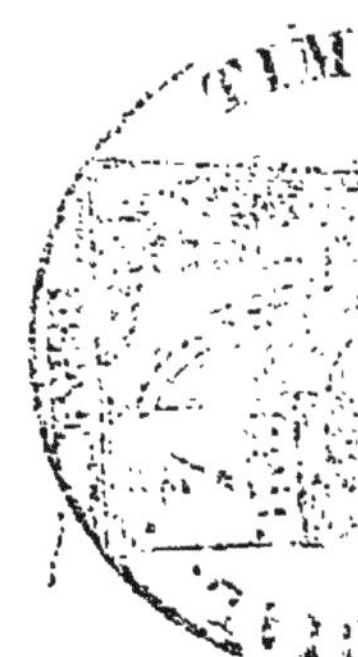

UNE

CONSPIRATION

EN 1868

PARIS

IMPRIMERIE AUG. VALLÉE, RUE DU CROISSANT, 16

1868

UNE

CONSPIRATION

EN 1868

I

Il y a quelques jours, un bruit circula dans les cercles politiques et mit le feu à toutes les conversations :

On conspire.

Ce mot préoccupa la France entière.

Pour rétablir le calme, le *Moniteur*, ce grand oracle, parla ; le parquet, ce terrible exécuteur de toutes les œuvres, hautes et basses, se remua, et tout en un instant, rentra dans le silence.

Parce que l'organe officiel de l'empire a daigné

ouvrir sa sainte bouche, et que la justice s'est émue, s'en suit-il que nous devions, du premier coup, croire à une fausse nouvelle?

Non :

Aussi, pensons-nous opportun de nous poser cette question : Conspire-t-on? et de l'examiner.

II

Et d'abord, qu'est-ce qu'une conspiration ?

La définition vulgaire acceptée, est celle-ci :

L'ENSEMBLE DES MANOEUVRES D'UN CERTAIN NOMBRE D'INDIVIDUS DONT LE BUT EST DE RENVERSER PAR LA VIOLENCE UN ORDRE DE CHOSES ÉTABLI ET REPRÉSENTÉ PAR UNE OU PLUSIEURS PERSONNES.

Cette définition est-elle unique et n'en pourrait-on trouver une autre? C'est ce que le gouvernement cherche, et nous aussi.

Dans cette étude de quelques pages, nous allons donc nous efforcer de trouver une réponse à cette question :

Qu'est-ce qu'une conspiration?

Une solution à ce problème :

Conspire-t-on ?

III

Avant tout, jetons sur l'état des esprits en France un coup d'œil rapide.

Il y a chez nous quatre partis : les bonapartistes, les légitimistes, les orléanistes et les démocrates.

Parti, pour nous signifie la réunion restreinte — ou étendue, peu importe, — d'hommes décidés à tout braver, à tout perdre pour le triomphe de leur opinion.

Ajoutez à cela d'un côté :

— Les gens qui possèdent et veulent conserver.

— Les employés des administrations publiques qui viennent se joindre aux forts du moment et sont, par conséquent, les soutiens de l'empire.

Et de l'autre côté :

Ceux qui, n'ayant rien, veulent acquérir et tout naturellement sont amis de l'imprévu et des cataclysmes, vous arrivez à former un total qui n'atteint pas la moitié de la population française.

Le reste, la majorité, la masse est indifférente, c'est-à-dire inerte. Elle se laisse guider par le plus puissant, et marche enchaînée, le front humble, derrière le char du triomphateur. Peu lui importent les abus ou les injustices ; elle ne s'en préoccupe pas ; elle ignore les hommes qui la gouvernent ; elle n'a jamais entendu prononcer le nom de Faure, de Rochefort ou de Ledru-Rollin ; elle mange, elle travaille, elle boit, elle vit ; pour les affaires du pays, elle ne s'en soucie point, et ne s'en émeut un peu que le jour où l'on vient lui arracher un des siens pour lui faire payer son tribut à l'impôt du sang, ou pour lui réclamer le montant de ses impositions.

Cette inertie est la force d'un gouvernement, précisément, parce qu'elle est inerte, et qu'elle assiste indifférente aux spectacles de toutes les luttes; elle ne s'émeut que sollicitée, et ne sent point en elle cet instinct qui pousse vers celui-ci ou vers celui-là.

Mais que par fatalité un homme éclairé, répande sur elle ses lumières, ou que pressée par la misère et la faim, cette multitude arrive à comprendre; que le vide de son estomac lui remplisse l'esprit, ou que la fatigue de ses membres donne l'activité à son intelligence; malheur alors! l'inertie devient une force; la brute pense; la pierre s'anime : malheur à qui en pesant sur elle, lui a trop fait sentir le poids du fardeau qu'elle porte.

IV.

Cette masse profondément égoïste ne peut donc
être sensible qu'aux abus qui la frappent directe-
ment, qui blessent ses habitudes ou ses intérêts les
plus intimes, en un mot, qu'aux attaques dirigées
contre son bien-être et qui viennent troubler sa
quiétude et alarmer son insouciance.

De quelle nature doivent être ces attaques ?

Attachée avant tout au commerce, qui la fait vi-
vre, elle a horreur de tout ce qui l'en distrait ou
l'y arrache, ou lui rend le métier plus ardu ; et elle
éprouve une haine terrible contre ceux qui accu-

mulent sur leurs têtes non les honneurs qui ne
¹ont que l'éblouir, mais les gros traitements qu'elle
envie.

Or, depuis dix-sept ans, les impôts ont suivi une
marche ascendante qui ne semble pas près de
s'arrêter; le Gouvernement a autorisé et protégé
une quantité innombrable de traquenards finan-
ciers et, de plus, a, sans compter la conversion de
la rente, organisé quatre emprunts.

Il a concentré entre les mains de privilégiés une
foule d'indemnités, de places et de dotations.

Une nouvelle loi sur le recrutement de l'armée
a été promulguée et l'on a inventé la garde natio-
nale mobile.

Ces faits sont indiscutables; cependant qu'on
nous permette quelques commentaires.

V.

1° Accroissement des impôts.

Depuis 1851, les impôts se sont considérablement accrus, et le problème de la vie à bon marché s'embrouille tous les jours.

Et la dette perpétuelle ?

A l'époque du coup d'État, elle était de cinq milliards quatre cent soixante-neuf millions; aujourd'hui, elle dépasse ONZE MILLIARDS!

A quoi a été employée cette différence?

Aux travaux publics ?

Mais les ressources budgétaires affectées à ce ministère qui étaient, en 1851, de dix pour cent, ne sont plus maintenant que de huit pour cent.

A l'instruction publique ?

Mais la France est ignorante parmi les nations européennes; il suffit de consulter les cartes de Monsieur J.Manier pour s'en rendre compte, et de parcourir nos campagnes pour s'en assurer.

A-t-on créé des écoles; a-t-on percé de grandes voies de circulation?

On n'objectera pas les travaux exécutés à Paris par la pioche de monsieur Haussmann : c'est la ville de Paris qui les a payés.

L'agriculture et le commerce sont délaissés. Que reste-t-il ?

Le budget de la guerre et celui de la marine.

Tous nos soldats sont armés de chassepots. Les canons sont prêts. La mitrailleuse a de quoi manger et vomir.

On est sur le qui-vive, et cependant les affaires souffrent, le commerce se plaint, l'industrie languit et la masse commence à trouver qu'elle paie trop cher et qu'elle était moins grevée en 1849.

On compare ; c'est le malheur. On compare le présent avec le passé et le présent n'a guère l'avantage.

Il est vrai que cette aristocratie érigée par l'empire qui a rarement des titres, mais souvent des rentes, qui remonte beaucoup plutôt aux écus qu'aux croisades ; il est vrai, dis-je, que cette aristocratie de l'argent cumule et accumule tout ce qu'il y a en France de fonctions payées.

VI

On ne voit pas, sans un étonnement profond, des hommes, riches par leur naissance ou leurs travaux, recevoir coup sur coup, des indemnités, des émoluments énormes qui viennent se joindre à leur fortune personnelle, et honorés de plusieurs dignités, à la fois, tirer de chacune d'elles des revenus dont un seul contenterait plus d'un ambitieux et les entasser dans leurs caisses.

Prenons un exemple, le Sénat.

Cet honorable corps est composé de tout ce que

la France compte d'hommes remarquables, en même temps que dévoués, diplomates, cardinaux, propriétaires, illustrations savantes, généraux en retraite, etc, etc; de tous ses membres, il n'en est pas un qui n'ait atteint au moins une très-honnête aisance; cependant chacun émarge, par an, au budget, trente mille francs — une fortune.

Il est curieux de reproduire ici deux articles d'une loi, adoptée le 23 mai 1829, relativement à la dotation de la chambre des pairs :

Art. 1. Les donations héréditaires montant à 1,784,000 accordées par le roi à des pairs et affectées à leurs pairies, seront converties en inscriptions de rente 5 p. 100 et inscrites au grand livre, SANS QU'AUCUNE DE CES DONATIONS NE PUISSE EXCÉDER 12,000 FRANCS de rentes, avec jouissance du 22 septembre 1829.

Art. 2. Ces rentes seront inaliénables et transmissibles au successeur à la pairie, DANS LE CAS SEULEMENT OÙ SA FORTUNE PERSONNELLE NE S'ÉLÈVERAIT PAS A UN REVENU NET DE 30,000 FRANCS.

A quoi bon grever inutilement ainsi qu'on le fait maintenant, le trésor public, et quelle nécessité d'ajouter à des fortunes princières cette rente annuelle, deux fois et demi plus élevée que celle des pairs ? Ce n'est plus payer des services, c'est prodiguer la fortune publique, et le contribuable, en voyant passer les dignitaires de l'Empire se demande pour quelle raison c'est lui qui paye sa livrée et ses équipages. Cette raison il ne la trouve pas. Cependant l'envie qui, après tout, n'est que le sentiment légitime d'une injustice commise à son détriment, l'envie le ronge, l'anime et fait un ennemi de cet homme tout à l'heure insouciant.

Il est des abus inouïs ; il n'est pas un seul ministre ni un seul membre du conseil privé, auquel ne soit attribuée, pour un motif quelconque, une centaine de mille francs, et je suis bien modeste. Puis quand ce haut personnage vient à mourir, tout le monde officiel s'extasie sur son intégrité ; si, par hasard, il n'a amassé que deux ou trois millions, on le porte aux nues, ce pauvre homme !

Puis on lui fait des funérailles splendides, aux frais de l'État : sa famille pourrait-elle payer ? On lui élève une statue, aux frais de l'État ; on fait une pension à sa veuve et le premier ou le dernier venu qui ne savait point qu'il eût vécu, contribue, pour sa part, aux honneurs rendus à cet homme, sous le prétexte qu'il servit le pays, mais au fond pour la raison qu'il a aidé un prince à devenir empereur.

C'est là le secret de ces mille dotations :

La reconnaissance est commode pour les souverains ;

Ils profitent et ce sont les sujets qui payent.

VII

2º Loi sur l'armée.

Ce qui causait les plaintes proférées souvent contre l'ancienne organisation militaire, c'était l'esprit d'inégalité qui y présidait, accordant, par le droit d'exonération, tout bénéfice aux fils des familles opulentes, et, interdisant aux classes pauvres à moins d'énormes sacrifices, souvent impossible, tout espoir de dérober leurs enfants aux dangers de la carrière militaire. Il était donc juste de croire que la législation nouvelle avait pour but d'égaliser les charges ou, tout au moins, de les restreindre.

L'exonération fut maintenue,

La durée du service fut portée à neuf ans.

Enfin l'on créa la garde mobile.

C'est-à-dire qu'il ne suffit pas d'enlever à leurs travaux, à leur industrie, pendant neuf ans, ceux auxquels leur fortune ne permet pas d'acheter un remplaçant, mais qu'il fallut encore imposer aux autres, ceux qui, à grand'peine peut-être, auraient réuni trois mille francs pour se soustraire aux rigueurs du tirage, l'obligation d'abandonner, quinze fois l'an, leur magasin ou leurs champs.

Était-ce là une amélioration ? Les récriminations

qui se firent entendre alors ne tendent guères à le prouver ; on murmure bien un peu ; mais la loi, grâces à l'appui de cette majorité de Panurge, que le gouvernement tient dans ses mains, fut votée et fonctionne aujourd'hui.

L'exposé des motifs était d'ailleurs rédigé de façon à faire taire ces mécontents, en même temps qu'à les éblouir.

Il résumait ainsi les avantages de la loi sur le recrutement :

1° Réduction en temps de paix de deux ans de service.

Mais en temps de guerre, le service plus pénible, est augmenté de deux années ; il est vrai, disait M. le ministre, que « les guerres se font avec tant de rapidité». Seulement cette rapidité tient sans doute à la perfection des armes, qui tuent davantage et plus vite, et si M. le ministre a reconnu

que, depuis cinquante ans, nous n'avions eu que
deux guerres sérieuses à soutenir, il n'a pas pris la
peine de se souvenir quelles ont été déclarées sous
le second empire, dans un temps très-restreint, et
que, par conséquent, il faut dire en dix-sept années,
et non en cinquante. Qu'en somme, notre malheureux pays n'a jamais été, depuis l'avénement
de l'Empereur, complétement tranquille, que la
paix n'y a jamais été solidement assise, et que
rien ne présage qu'elle le soit de longtemps.

2° Avancement d'une année dans la faculté de
contracter mariage.

Est-il vraiment beaucoup de pères de famille
qui, dans cet état d'inquiétudes incessantes, con-
sentent à unir leur fille au soldat non libéré, et
est-ce une position sûre et sans alarmes que celle
de cet homme qui, à chaque instant, peut être ap-
pelé sous les drapeaux? Le mariage est permis par
la loi, c'est possible, mais le bon sens et la pré-
voyance paternelle l'interdisent. Cet avantage est
entièrement illusoire. Et d'ailleurs le rapporteur

ne l'ignore pas, puisqu'il en fait un argument contre cette objection, que la faculté du mariage aura pour objet de diminuer la valeur des dernières classes d'anciens soldats.

3° Extension des exemptions légales :

Les exemptions sont étendues d'un côté, c'est incontestable; mais l'abaissement du niveau de la taille, et certaines infirmités décrétées sans inconvénient pour le maniement des armes, les restreignent de l'autre.

Il est donc bien évident que, dans cette loi, l'on n'a rien retranché des exigences de celle qui la précède, et qu'au contraire on l'a rendue plus sévère et plus lourde.

VIII.

A ces grandes raisons viennent s'ajouter les pe-
tites : Le malheureux s'apitoie aisément sur le
malheur des autres ; il arrive peu à peu à considé
rer les persécutés comme des frères et à mêler sa
voix à la leur ; les gazettes et les journaux, dont il
se méfiait ou faisait peu de cas jadis, gagnent du
charme pour lui ; il en est avide, il les dévore et
s'éclaire sur la situation. Alors les reproches adres-
sés au pouvoir, la discussion de ses actes devien-
nent intéressants à ses yeux ; il les répète et les

propage, car ce pouvoir lui a ravi les moyens de faire son commerce, ou lui a pris son fils pour l'envoyer en Algérie ou à quelque frontière.

Les procès de presse éclatent. On traine devant les tribunaux l'audacieux qui critique l'administration, discute ses combinaisons politiques, ou se permet de rendre aux morts un culte défendu, soit en se prosternant sur leurs tombes, soit en leur élevant des monuments *séditieux*, parce qu'ils furent de grands citoyens et des amis de la liberté.

En même temps, des interrogatoires des témoins ou des accusés, des plaidoiries des avocats jaillit la lumière ; et la masse qui a deviné que ses intérêts lui commandent de s'immiscer dans les affaires du pays, ouvre les yeux, s'agite, réfléchit et combine.

C'est là ce qui effraye le gouvernement, et ce n'est sans raison. Le symptôme est menaçant. C'est là ce qui, à ses yeux, devient un complet, et nous pouvons, pour conclure, en même temps que donner la définition que nous cherchions, répondre à la question que nous nous sommes posée tout d'abord :

— Conspire-t-on ?

— Oui, on conspire, car on pense.

Conspirer, c'est penser.

ED. BAZIRE.

En préparation :

COMÉDIES POLITIQUES

POUR PARAITRE LE 12 DÉCEMBRE

LA PRESSE LIBRE

Journal politique quotidien

RÉDACTEUR EN CHEF :

A. MALESPINE

Paris. — Imprimerie A. Vallée, rue du Croissant, 16.